GUÍA DE LECTURA

Escrita por Valérie Nigdélian-Fabre
Traducida por Laura Soler Pinson

Antígona

de Sófocles

GUÍA DE LECTURA

Entiende fácilmente la literatura con

Resumen
Express.com

www.resumenexpress.com

SÓFOCLES

DRAMATURGO GRIEGO

- **Nacido *c.* 496 a. C. en Atenas (Grecia)**
- **Fallecido *c.* 406 a. C. en la misma ciudad**
- **Algunas de sus obras:**
  - *Antígona* (c. 422 a. C.), tragedia
  - *Filoctetes* (c. 409 a. C.), tragedia
  - *Edipo en Colono* (401 a. C., póstuma), tragedia

Sófocles es, junto con Esquilo y Eurípides, el más conocido de los poetas trágicos de la Antigua Grecia. Nace en torno al año 496 a. C. y muere hacia el año 406 a. C. Es el autor de un centenar de tragedias de las que tan solo nos han llegado siete. De ellas, destacamos especialmente *Edipo rey* y *Antígona*. Al contrario de lo que pasaba con su predecesor Esquilo, Sófocles le da menos importancia al coro (grupo de personas que comentan la acción cantando o declamando) y le otorga más profundidad psicológica al protagonista. Se cita a menudo a Sófocles como modelo de la tragedia en la *Poética* de Aristóteles.

ANTÍGONA

EL ORIGEN DEL MITO DE EDIPO...

- **Género:** teatro (tragedia)
- **Edición de referencia:** Sófocles. 2014. *Antígona*. Traducido por Jesús F. Polo Arrondo. Madrid: Rialp. E-book en epub
- **Primera edición:** *c.* 442 a. C.
- **Temáticas:** mito, destino, revuelta, dualidad, amor, poder, muerte

Antígona, publicada en torno al 422 a. C., es sin duda la tragedia griega más célebre, reinventada posteriormente en multitud de ocasiones. Cierra el ciclo de los mitos tebanos —que Sófocles desarrolla sucesivamente en *Edipo rey* y en *Edipo en Colono*— cuyo conocimiento implícito da por supuesto.

La obra se centra en el terrible destino de Antígona, hija y hermana de Edipo. Sus hermanos, Eteocles y Polinices, se han dado muerte el uno al otro por la conquista del poder real en Tebas. A pesar de la prohibición de Creonte de enterrar el cuerpo de Polinices, Antígona lleva a cabo los ritos funerarios indispensables para que su hermano sea recibido en el reino de los muertos. Será condenada a muerte por ello, por lo que representa magníficamente la figura de la disidencia frente al orden establecido.

RESUMEN

PRÓLOGO

La obra empieza al día siguiente del fallecimiento de Eteocles y Polinices, los dos hijos de Edipo, que se han dado muerte el uno al otro en su lucha por acceder al poder de la ciudad de Tebas. Antígona anuncia a su hermana Ismene que Creonte, su tío, recién coronado rey de Tebas, ha dictado la prohibición de que se entierre el cuerpo de Polinices, su hermano, y le hace partícipe de su determinación a no someterse a esta norma, poniendo en riesgo su vida.

PÁRODO: ENTRADA DEL CORO

El coro narra el combate mortal del que Tebas sale victoriosa. Cuando el padre de Eteocles y Polinices se exilió (Sófocles narra estos hechos en *Edipo en Colono*), sus hijos decidieron repartirse de manera equitativa el trono: cada año gobernaría uno, y así intentarían escapar a la maldición que Edipo ha lanzado sobre ellos, y que les condena a un fratricidio recíproco. Sin embargo, llegado el momento, Eteocles se niega a ceder el trono a su hermano: este decide entonces formar un ejército de siete jefes contra Tebas (Esquilo habla de este suceso en su obra *Los siete contra Tebas*, 467 a. C.), que, salvo uno, morirán en combate junto con los dos hermanos, «desde que aquellos murieron en un solo día con un doble destino, tras golpearse y herirse en mutuo crimen» (Sófocles 2014, vv. 170-172).

PRIMER EPISODIO

Creonte, proclamado rey de la ciudad de Tebas, presenta el principio sobre el que se asentará su poder: la superioridad del amor a la patria sobre cualquier otra consideración. Así justifica su prohibición de enterrar el cuerpo del traidor Polinices, que ha atacado la ciudad, mientras que a Eteocles se le rendirán los homenajes más fastuosos. Un guardia anuncia que ha descubierto el cuerpo de Polinices recubierto con una misteriosa capa de polvo, y Creonte ordena arrestar al culpable so pena de un terrible castigo.

SEGUNDO EPISODIO

Los guardias limpian el cuerpo de Polinices para volver a desnudarlo. Antígona es arrestada cuando recubre con tierra otra vez el cadáver de su hermano: la pillan *in fraganti* y, gimiente y furiosa, confiesa su crimen sin que le tiemble el pulso. Se muestra intratable y se opone con orgullo a Creonte al defender la justicia divina y la aplicación de los ritos, y al oponerse a la prohibición arbitraria e inmoral del nuevo rey. Rechaza el apoyo de su hermana Ismene, quien intenta unirse a su gesto: al hacerlo, le salva la vida. Nos enteramos por Ismene que Antígona está comprometida con Hemón, hijo de Creonte.

TERCER EPISODIO

Hemón entra en escena: aparentemente, está sometido a la voluntad paterna, pero intenta modificar la decisión del rey cuando le informa de que la ciudad se opone al ajusticiamiento de Antígona. Creonte hace oídos sordos a las quejas de Tebas acerca del destino de la desafortunada, y el desacuerdo entre padre e hijo es cada vez más evidente, hasta llegar al enfrentamiento directo: Hemón lanza un alegato virulento contra la terquedad de Creonte, su obcecación y su implacable tiranía —lo que nos da un pretexto para reflexionar acerca de la esencia de la democracia.

Tras la salida airada de su hijo, Creonte disminuye el castigo que había previsto inicialmente: le concede el indulto a Ismene y condena a Antígona a ser enterrada viva al fondo de una tumba —en lugar de morir lapidada, como se había decidido al principio.

CUARTO EPISODIO

Antígona, abandonada por todo el mundo, se coloca bajo tierra y se lamenta por la vida de mujer que no conocerá jamás, ya que está condenada a ser por toda la eternidad una joven saliendo apenas de la infancia.

QUINTO EPISODIO

Tiresias, el adivino ciego, llega para exigir clemencia a Creonte: el cadáver de Polinices ensucia a la ciudad y anuncia una furia divina. Creonte acusa primero a Tiresias de mentir o de actuar movido por propósitos infames, pero termina por ceder tras una acalorada discusión: bajo el peso de la amenaza de una epidemia generalizada sobre él, consiente que se libere a Antígona y que se entierre el cuerpo de Polinices tras rendirle los últimos homenajes, y reconoce finalmente que «es mejor cumplir las leyes establecidas salvando la vida» (Sófocles 2014, v. 1114).

SEXTO EPISODIO

Un mensajero trae al coro y a Eurídice, mujer de Creonte y madre de Hemón, las últimas crueldades del destino: Antígona se ha ahorcado, lo que provoca los lamentos desesperados de Hemón. Justo cuando Creonte llega a la tumba, asiste al suicidio de su hijo después de que este le haya escupido en la cara. Tras la narración de los hechos, Eurídice se retira, silenciosa.

Cuando Creonte vuelve al palacio, ya solo puede reconocer que ha cometido un terrible error, pero el destino recae una vez más sobre él: Eurídice acaba de suicidarse también. Ya es demasiado tarde: Creonte está condenado a la nada, descrito «como si [tuviera] la culpa de estas fatalidades y de aquellas» (Sófocles 2014, v. 1312).

ÉXODO: SALIDA DEL CORO

El coro nos ofrece la moraleja de la tragedia: «No hay que ser impío en lo referente a los dioses» (Sófocles 2014, vv. 1348-1349).

ESTUDIO DE LOS PERSONAJES

ANTÍGONA

Es la hija y la hermana de Edipo, y es víctima de la maldición que se ensaña con el linaje de los labdácidas.

Es una joven todavía virgen, a la vez frágil e inquebrantable, que se opone, sola contra todos, al orden tiránico que ha instaurado Creonte: se convierte de manera simultánea en la imagen de la piedad filial (guía con ternura a Edipo en su exilio hacia Colono) y en la imagen de la revuelta —«la feroz naturaleza de la hija de un padre feroz» (Sófocles 2014, vv. 471-472). Preconiza el amor por encima de la razón política, el ideal por encima del realismo de los hombres, por lo que, para Hegel, la intransigente, pura y ética Antígona es «la figura más noble que haya existido jamás sobre la faz de la tierra»[1]. Pero, ¿no se convierte en una especie de integrista, en una fanática a la que se oponen el nacionalismo y la laicidad encarnados por Creonte cuando escoge el reino de los muertos por encima del de los vivos?

CREONTE

Es el hermano de Yocasta y, por lo tanto, el heredero natural de los hijos de Edipo para tomar las riendas de la ciudad de Tebas. Se nos presenta primero como una figura del poder viril. Es un hombre adulto consciente de sus responsabilida-des y de la dificultad que supone reinar. Su lema: «Hay que

---

1. Cita traducida por ResumenExpress.com

saber obedecer las leyes para saber mandar». Representa el orden social, la obediencia civil y la disciplina. Pero pronto se representa como un tirano sin piedad, orgulloso y testarudo, que hace oídos sordos a cualquier protesta, incluso —y sobre todo— si viene de su hijo. Únicamente rectifica por miedo a un castigo divino, pero ya será demasiado tarde.

¿SABÍA QUE...? EL LINAJE DE LOS LABDÁCIDAS

Zeus, que había adquirido la apariencia de un toro vigoroso, secuestra a Europa, hija de Agenor. El hermano de esta, Cadmo, se va a buscarla. Pero, siguiendo las indicaciones de un oráculo, abandona la búsqueda para fundar la ciudad de Tebas. A través de su matrimonio con Harmonía, la hija de Ares y de Afrodita, engendra a Ágave, antepasado de Creonte y de Yocasta, a Sémele, madre de Dioniso, y a Polidoro, padre de Lábdaco, fundador del linaje de los labdácidas, al que pertenece Edipo. El hijo de Lábdaco, Layo, se enamora del joven hijo de su huésped, el rey Pélope, y lo secuestra, lo que provoca la furia de Hera, que maldice a todos sus descendientes. Más tarde, el oráculo de Delfos le notifica la prohibición de tener hijos si quiere salvar Tebas y escapar a la muerte: no se ajusta al oráculo y concibe un hijo con Yocasta. Este hijo es abandonado en las laderas desiertas del monte Citerón. Un pastor lo recoge y Edipo es adoptado por el rey y la reina de Corinto. Cuando se convierte en un adulto, un oráculo le revela que matará a su padre y se casará con su madre: para escapar a esta maldición, huye de Corinto y se dirige hacia Tebas, sin saber que va a cumplir con su destino. En el camino, se encuentra con Layo: en el violento altercado que los enfrenta, mata a su padre. Cuando llega a los alrededores de Tebas, resuelve el enigma de la Esfinge y accede al trono y a la reina Yocasta: así es como se cumple la predicción. Manchada por el asesinato y el incesto, la ciudad sucumbe a una violenta y misteriosa epidemia. Edipo, que condena por adelantado al culpable de la infamia, descubre progresivamente la verdad. Yocasta, que no puede soportar la situación, se ahorca, mientras que Edipo se pincha los ojos y abandona la ciudad, mientras maldice a sus hijos.

ISMENE

Ismene es la hermana de Antígona, a quien se opone por su carácter más tranquilo y prudente. Está dispuesta a doblegarse ante el poder y es capaz de contemplar las consecuencias de sus actos. Sin embargo, su pragmatismo inicial da paso a un apoyo inquebrantable hacia su hermana.

En las versiones anteriores del mito, este personaje no aparece. Pero frente al cuerpo de Polinices y a la ley dictada por Creonte, su aparición permite abrir el debate sobre cuál es la actitud que uno debe adoptar, resaltando de manera particularmente potente la radicalidad inhumana de Antígona.

HEMÓN

Es hijo de Creonte y de Eurídice y, hasta ese momento, se ha mostrado dócil y respetuoso, pero desafía la autoridad paterna cuando se anuncia el suplicio que se le aplicará a Antígona, su prometida. Antes de sublevar a su ejército contra su progenitor, le escupe en la cara. Hemón representa a la juventud, al pueblo y a la democracia, en oposición a la vejez tiránica de Creonte. Ismene y Hemón constituyen el contrapunto a la radicalidad inhumana de Antígona y de Creonte: no forman parte de la raza de los héroes.

EL CORO

Está compuesto por ciudadanos atenienses ataviados con disfraces y máscaras, y comenta la acción a través de cantos que entrecortan los distintos episodios. Es el «espectador ideal» (A. W. Schlegel), e introduce mediante su lirismo una cierta distancia con respecto a la acción: la disocia de sus particularidades y contingencias para llevarla a lo universal, a la esencia humana. Así sucede con el canto acerca del amor que sigue al diálogo entre Hemón y Creonte, o el de los recursos maravillosos del hombre.

CLAVES DE LECTURA

EL MITO

Como ocurre con la mayoría de las tragedias griegas que han llegado hasta nuestros días, *Antígona*, de Sófocles, se inspira en los grandes mitos fundacionales de la civilización griega que se transmiten desde tiempos inmemoriales a través de la tradición oral y de la epopeya. El episodio de la guerra de Troya constituye de esta manera el capítulo más importante: más de la mitad de las tragedias conservadas están dedicadas a este suceso. En lo que respecta a la trilogía de Sófocles, esta se centra en el destino desgraciado de la dinastía de los labdácidas, cuyo patriarca era Cadmo, fundador de Tebas. Tras *Edipo rey* (donde Edipo descubre su culpa) y *Edipo en Colono* (donde se narra el exilio y la muerte de Edipo), Sófocles presenta *Antígona*, que sin embargo escribe en primer lugar, y desarrolla un aspecto del mito que casi nadie ha tratado antes de él: la prohibición de enterrar a Polinices.

HÉROES SOLOS CONTRA EL MUNDO

De las siete obras conocidas de Sófocles, seis llevan nombre de héroe o heroína (*Áyax*, *Electra*, *Filoctetes*, etc.): así, ensalza la figura individual, insumisa e intransigente. El autor presenta un héroe solitario e irreductible que, con frecuencia, es una mujer o una joven que rechaza los compromisos que conlleva la entrada en la edad adulta. Su radicalidad se resalta todavía más mediante una innovación escenográfica que Aristóteles atribuye a Sófocles: tradicionalmente, había dos actores, pero Sófocles introduce un tercer comediante, lo que da mayor complejidad a la acción y, a través de un juego de contrapunto y de oposición permitidos, introduce matices psicológicos que hasta ese momento son inéditos. El héroe del autor, aislado y obstinado, se ve arrastrado hacia una desgracia mayor, a veces por voluntad propia y a veces cuando intenta escapar a su sino, ya que la fuerza del destino y la voluntad de los dioses son enormes. Áyax se suicida a pesar de los esfuerzos desesperados de su familia; Electra va hasta el final en su impulso vengativo; Antígona elige la muerte por encima de la obediencia. Esta radicalidad destructora, mezcla de libre albedrío y de fatalidad insuperable, inspira y alimenta la implacable mecánica trágica, y tiñe las obras de Sófocles con un auténtico sentimiento de grandiosidad. Por encima de los hombres se sitúan valores más grandes, absolutos por los cuales podemos sacrificarlo todo, incluso nuestra propia vida.

LA OBRA DE LOS OPUESTOS BINARIOS

La obra de Sófocles se construye a través de una serie de opuestos irreductibles y contradictorios que ilustran de manera magistral las cuatro escenas de agón, las escenas sucesivas de confrontación entre los personajes que permiten la exposición y la defensa de valores opuestos. Sófocles es el inventor de la esticomitia, una estructura dialógica muy concisa en la que los personajes se responden en versos alternos: el ritmo acelerado permite aún más si cabe el aumento de la tensión dramática y el endurecimiento de las oposiciones, cada vez más marcadas e irreconciliables. Así, cuando Creonte dice «el que alguna vez fue enemigo, ni siquiera cuando muere es amigo» (Sófocles 2014, vv. 521-522), Antígona le responde: «Ciertamente, no nací para odiar sino para amar» (Sófocles 2014, v. 523). Este intercambio lleva a Creonte a esta frase final e inapelable: «Después de ir ahora abajo, si es lo que quieres, ama a aquellos. Mientras yo esté vivo, no gobernará sobre mí una mujer» (Sófocles 2014, vv. 524-525). Las amplias articulaciones del debate inicial conducen ineluctablemente a un diálogo imposible en el que la muerte por sí sola hará nacer el arrepentimiento.

- la primera escena de agón es la del diálogo entre Antígona e Ismene que, tras la ternura inicial, bascula hacia una oposición violenta entre la intransigencia de Antígona, muy resuelta a dar a su hermano las últimas bendiciones a pesar de la prohibición de Creonte, y el fatalismo pragmático de Ismene;
- a continuación, nos encontramos con el enfrentamiento entre Antígona y Creonte, del que podríamos hacer múltiples lecturas —y esto le da todavía más poder en el plano dramatúrgico y poético. Antígona representa «el amor sagrado por el hermano» opuesto a la «racionalidad objetiva del Estado», según Hegel, es decir, la ley divina frente a la razón social y a la justicia de los hombres. Pero también podemos leer en esta escena de agón la oposición irreductible entre juventud y vejez, es decir, entre lo ideal y el realismo político. O, incluso, entre individuo y sociedad, entre naturaleza y cultura o entre muertos y vivos. También vemos una representación poderosa de la oposición entre el hombre y la mujer, en la que Antígona encarna la liberación de los yugos patriarcales: la protagonista se erige como la joven que hace frente a la ley

aplastante de los padres, y reafirma su libre albedrío, su independencia y su moral propia;

- el debate que opone a Hemón y a Creonte, que primero está lleno de piedad filial, también se convierte rápidamente en rebelión. El hijo frente al padre –el esclavo frente al tirano– se deshace de su postura inicial de hijo obediente para cuestionar el reinado de lo arbitrario y de la injusticia («No es ciudad la que pertenece a un solo hombre», Sófocles 2014, v. 737), para denunciar la locura paterna hasta el insulto y la amenaza («Si no fueras mi padre, diría que tú no razonas bien», Sófocles 2014, v. 755);

- para acabar, cuando Creonte y Tiresias dialogan, se reafirma de nuevo la oposición entre los hombres y los dioses, entre el orden natural y el divino. Creonte, cegado por el odio, es incapaz de reconocer la mancha que produce «[el] pasto de pájaros y de perros del desgraciado retoño caído de Edipo» (Sófocles 2014, v. 1019), e insulta al viejo adivino, a lo que recibe una profecía amenazante por respuesta.

La obra nos muestra de esta manera el desastre que se produce cuando nos atrincheramos en un régimen de opuestos fijados y la incapacidad de retomar a través del diálogo el intercambio de fuerzas y de principios.

LA CONFUSIÓN DE LOS REINOS

El argumento de la obra es el respeto de los ritos de sepultura. Son parte constituyente de la humanidad, y son necesarios para los muertos, que de lo contrario están condenados a vagar por toda la eternidad, y para los vivos, amenazados por la mancha que supone un cadáver. De hecho, la amenaza de contagio sobrevuela toda la obra: mientras que se deja a Polinices a la vista de todos, sometido al apetito carroñero de los perros y de los pájaros, Antígona es enterrada viva en una tumba: esta confusión de los reinos genera un desequilibrio contrario a la ley divina, y conforma una amenaza grave para el orden cósmico. Por lo tanto, Creonte tiene que ceder.

LA IRONÍA TRÁGICA

Sófocles es el maestro de la ironía trágica. Por ironía trágica entendemos el desfase que se produce entre el conocimiento que el héroe tiene de su propia situación —conocimiento parcial, incluso cuando le parece que controla su destino— y otro, el del público, más completo. Este desfase introduce una dialéctica sutil entre el tema de la autonomía del héroe y el de su predestinación familiar o divina: cree que es libre, pero a menudo no es más que un juguete insignificante en manos de los dioses. El rey Edipo nos ofrece una representación magistral de este concepto cuando intenta escapar a su destino parricida e incestuoso: huye de Corinto y de sus padres adoptivos (aunque desconoce este dato) y se dirige hacia Tebas, y así es como hace que sea posible la profecía del oráculo. Este desconocimiento dará más patetismo si cabe al mecanismo progresivo de comprensión de Edipo, hasta que llega a la ceguera al final. El destino de Antígona también está condicionado por la cuestión de la predestinación: es descendiente de los labdácidas, así que Antígona está perseguida por una maldición que cuestiona su autonomía real y la responsabilidad de sus actos. Se dice en la obra que es «infeliz e hija de desgraciado padre, de Edipo» (Sófocles 2014, v. 380), por lo que no escapará a su destino.

PISTAS PARA LA REFLEXIÓN

ALGUNAS PREGUNTAS PARA PROFUNDIZAR EN SU REFLEXIÓN...

- Jacques Lacan (psicoanalista francés, 1901-1981) convierte a Antígona en la víctima ideal, la «víctima tan terriblemente voluntaria»[2] (Lacan 1986, 290). Comente esta cita del autor: «Si hay un rasgo diferenciador en Sófocles, ese es que todos sus héroes están al borde de la extenuación»[3] (*op. cit.*, 317).
- ¿Representa el sacrificio de Antígona el precio que hay que pagar por resistir?
- ¿Por qué debe oponerse de manera tan irreductible la consolidación del principio individual al vínculo social? ¿Cómo definimos el principio de ciudadanía?
- Cuando Antígona sobrepasa los límites que se le asignan a su sexo, Ismene dice: «Nacimos mujeres, de tal modo que no luchemos contra los hombres» (Sófocles 2014, v. 63). Comente esta frase.
- Antígona es la «hija de» (Edipo), atrapada para siempre en la infancia, «prometida de» Hemón: no existe por sí sola. ¿Cómo y en qué condiciones construye su independencia?
- A lo largo de la historia, Antígona ha encarnado de manera sucesiva las figuras de la libertad, la anarquía, la revolución y la resistencia. ¿Cuáles son los elementos estructurales que lo hacen posible?
- ¿De qué manera puede parecernos contemporáneo un

---

2. Cita traducida por ResumenExpress.com
3. Cita traducida por ResumenExpress.com

mito antiguo?

- ¿Cuáles son las innovaciones técnicas que aporta Sófocles en un momento en el que la tragedia griega está en su máximo apogeo en Atenas?
- ¿Cómo es posible que Antígona sea «santamente criminal»[4]?
- ¿Qué modelo de democracia griega propone la obra cuando Creonte defiende que una ciudad debe ser «del que tiene el poder» (Sófocles 2014, v. 738)?

---

4. Cita traducida por ResumenExpress.com

¡Su opinión nos interesa!
¡Deje un comentario en la página web de su librería en línea,
y comparta sus favoritos en las redes sociales!

PARA IR MÁS ALLÁ

EDICIÓN DE REFERENCIA

- Sófocles. 2014. *Antígona*. Traducido por Jesús F. Polo Arrondo. Madrid: Rialp. E-book en epub.

ESTUDIO DE REFERENCIA

- Lacan, Jacques. 1986. *Le Séminaire VII. L'éthique de la psychanalyse*. París: Seuil.

ADAPTACIONES

La figura de Antígona se ha adaptado al teatro en numerosas ocasiones y ha inspirado a una gran cantidad de autores a lo largo de los siglos. Esta es la demostración de su universalidad y de su eco, todavía posible gracias a nuevas interpretaciones. Citamos en particular:

- Anouilh, Jean. 2009. *Jezabel, Antígona*. Traducido por Aurora Bernárdez. Buenos Aires: Losada, colección *70 aniversario*.
- *Antígona*. Obra de teatro de Bertolt Brecht. Alemania, 1948.
- *Antígona*. Obra de teatro de Jean Cocteau. Francia, 1922. Se trata de la primera transposición moderna de la obra.
- *Antígona*. Obra de teatro de Vittorio Alfieri. Italia, 1776.
- Bauchau, Henry. 1997. *Antigone*. París: Actes Sud, colección *Babel*.

- Garnier, Robert. 1580. *Antigone, ou la pieté*. París: M. Patisson
- Rotrou, Jean. 1637. *Antigone*. París: A. de Sommaville.

EN RESUMENEXPRESS.COM

- Guía de lectura de *Edipo rey* de Sófocles.

ResumenExpress.com

GUÍA DE LECTURA

Muchas más guías para descubrir tu pasión por la literatura

www.resumenexpress.com

© ResumenExpress.com, 2016. Todos los derechos reservados.

www.resumenexpress.com

ISBN ebook: 9782806274441

ISBN papel: 9782806284082

Depósito legal: D/2016/12603/354

Cubierta: © Primento

Libro realizado por Primento, el socio digital de los editores